KB111135

나

일진행, 불연의 반세기

나 일진행,

불연의 반세기

내 불연의 반세기

동녘이 밝아 오면
이 낡은 몸 일으켜

예불하며 정진함을
늦추지 않고

여법한 행함으로
끊이지 않았던

내 불연의 반세기

마치 꿈속처럼
스쳐 지나온

불퇴전의 원력이었던
일념의 정진 그 힘이

그림자 없는

실다움으로 남은

내 불연의 반세기

보다 알찬
한 생의 보람으로

중생에서
날로 부처되어가는

희열에 찬
그 세월 속에서 보낸

내 불연의 반세기

보리 심어
보리 가꾸어

보리 수확해 온
그 세월 속에서

나의 신심이
오월의 죽순처럼 자란

내 불연의 반세기

가파른
난행 고행 길에서도

신발 끈 졸라매고
물러서지 않았던

뜨거운 열기에
진땀으로 얼룩진

내 불연의 반세기

태산을 먼지로
날릴 수 있었더라면

그가
제 아무리 높았던들

당연히
평지가 되었을 것 같은

내 불연의 반세기

멈출 수 없었던
끈질긴 신심이

만약 강물처럼 흘렀다면
저 먼 바다

태평양 대서양에
이르지 않았을까

내 불연의 반세기

내 안에
무한한 정진의 힘으로

줄곧 달려온
나 일진행

꿈 많은
소녀처럼 보낸 그 세월

내 불연의 반세기

행주좌와

쌓아올린
허공 속에 무영탑이

실상의 아름다움으로
자리매김한

내 불연의 반세기

내 이 신심으로
저 허공의 뭇별을
셀 수 있었더라면

은하의 잔별까지도
당연히 세었을 것 같은

내 불연의 반세기

바람 막고
구름 잡을 수 있었더라면

마땅히
바람 막고

구름마저 잡을 수
있었을 것이다

내 불연의 반세기

국수가닥 같았던
나의 신심이

동아줄이 되기까지
끈질기게도

숨 가쁘게 헤쳐 온
강철 같았던 그 세월

내 불연의 반세기

장강 줄기를
막을 수 있었더라면

막았을 것 같은
원력의 긴 세월이

모이고 쌓여

실상에 머물러 자리 잡은

내 불연의 반세기

저 태양 같은
열정의 신심으로

옆도 뒤도
돌아보지 않은 채

유수 같은 세월에 실려
아흔의 문턱에 이른

내 불연의 반세기

실상의 장엄으로
충만이 잔뜩 실린

여법한 이 마음으로
그 어떤 고난에도

굴하지 않고
당당히 맞아 보낼 수 있는

내 불연의 반세기

회오리바람 되어
천상에
오를 수 있었더라면

무난히
오르고도 남음이
있지 않았을까

내 불연의 반세기

만약 수미산을
바닷물로
씌울 수 있었더라면

마땅히
씌웠을 것 같은
열정의 신심으로 이어진

내 불연의 반세기

세월에 씻기고

바래진 육신은

흰 머리에
깊은 주름살로

팽팽하던 모습을
통째로 앗아간

내 불연의 반세기

허허로이
이 몸은 허물어가도

그나마
이 마음이 있었기에

실상을 잔뜩 실은
내 안에 무한으로 남은

내 불연의 반세기

무상 그 속에서
충만한 실상을 영그리며

허허로움을 안고
한 생을 마감해 가는

뿌듯하고도
자랑스러운

내 불연의 반세기

내다 버리려도
버릴 것 없는

쌓아 올리려도
쌓을 것 하나 없는

오직 하나
실상묘법을 향한

내 불연의 반세기

유여 적절히
뜨거움이나
차가움을

법이 없이
법에 머무름으로
세월에 묻혀 가는

내 불연의 반세기

한백년
무상보리 거두어서

이 세간에
회향하는

오늘이 저물고
내일이 밝아오는

내 불연의 반세기

만약 세월을
따라 잡았던들

백발을 막고
늙음을 막을 수 없는

이것이 형상 세계의
진여임을 알았노라

내 불연의 반세기

듣는 것 보는 것이
다 내려진

도심의 한 오두막에서
정지의 끈을 잡은 채

내 안의 무한으로
위가 없이 즐기는

내 불연의 반세기

나무 아미타불
나무 아미타불
나무 본사 아미타불

나무 석가모니불
나무 석가모니불
나무 시아본사 석가모니불

오늘의 시작

먼동이 터 오르면
낡은 몸 일으킬 땐

허리 아래 반신이
마비된 듯하지만

앉은 채로
잠자리를 정리하고

쓰러질 듯
일어서서 간신히 나가

양치치고 눈곱 떼고
정신 차려 들어와 경건히

경탁 위에 앉은
육각등에 불 밝히고

향 사루어

내 오늘이 시작된다

나무 석가모니불
나무 석가모니불
나무 시아본사 석가모니불

마음의 경계

진여의 실상은
형상세계의 지식으로는
다 알 바가 아니지 않는가

지혜의 광대한 폭은
지식으로서는
다 내놓을 수 없기 때문이다

우리 중생 모두에겐
부처의 씨앗이 있나니

깨달음 곧 도란 그것이
바깥 경계가 아닌

마음의 경계 마음의 작용이기에
찰나에 얻어지는 것인데
욕심 부려 구할 일이 아니다

고금에 선인들의

도행설이 오고 감은

실상을 형상으로
말씨름 입씨름에 지나지 않을까

우리는 소중한 삶속에서
소중한 시간을 아껴
가장 현명하게 사는 것이
잘 사는 것이 아닐까

참으로 잘 사는 것이란
세상만사 만행에
걸리고 잡히지 않음이
증명할 뿐이다.

경자년을 맞은 다라니 정진

내 마음으로는
이 세계 안의 모든 이를
다 제도하고 싶지만

가없는 그 마음으로도
그럴 수 없기에 어쩌랴

경자년 첫 날인 오늘부터
마지막 그날까지

신묘대다라니
삼백삼십 번을 외우면서

일심 발원하옵니다
이 다라니 공덕 되어

이 세계 안의 모든 불자들이
각자 아상을 내리고
제일 바라밀인 보시바라밀의

원만구족한 행으로써
스스로 충만한 행복을
향수하여지이다

이렇게 날마다
백팔 반주마다 세 번씩

열여덟 차례 발원만으로도
가없이 늘어나는 마음을
보는 듯한데

추가로 서른세 번을 더 외우고
세 차례의 발원이 더 늘어나
모아 스물한 번이 된다

이렇듯 스스로 쌓아감이
막힘없고 걸림없는 정진이 되어
자타일시 성불행으로 가고 있는

나는 날마다 희열에 찬
즐거움에서 산다네

마하 반야 바라밀

더듬어 본 나의 전생

불가에 담은 몸으로
대 원을 세웠으나

핑계와 게으름에 밀리어
정진과 수행에
목마른 수행자였을 것이다

그 아픔을 안고
금생에 온 것이니

비록 출가는 못했어도
그 원을 이루기 위해

막중한 정진에 뜻을 두고
오늘을 살아가는 나 일진행

그래서 그 이름도
일진행인 것이 아닐까

전생에서 안고 온 뜻을
못다 이루었기에

지난날 그 엄청난 서원이
어찌 이루어질 수 있었으랴

그 순간엔 알지 못했으나
뒤늦게라도 알아차림이
감사하기만 하다

물러나지 않는 정진으로
그 뜻을 반드시 이루어

이 마음 안에
여법히 사려 담아
가벼운 마음으로 훌훌 가리라
나무 아미타불

육신의 조화로움

너무 긴 시간의 정진이
조금은 무리인 듯하여

정근의 시간을 세 시간에서
삼십 분을 줄여봤더니

일이십 분 쉬어줌이
육신의 조화로움을 느끼게 한다

앞서 부지런히
정진한 덕분으로

삼천만 미타정근에는
아무런 장애가 되지 않는다

오로지 나의 신념은
나와의 약속에서

벗어나지 않고

물러서지 않는 것이다

따라서 백만 다라니도
무난히 해낼 수 있는

거침없는
나의 탄탄 행로이다

마하 반야 바라밀

해가 뜨고 해가 진다

온몸으로 울려 나오는
나만이 듣는

구성진 염불소리 다라니소리에
해가 뜨고 해가 진다

삼천만 미타정근과
백만 다라니를 향해

용감하게도 좇아가고 있는 나
나 아닌 아무도 알지 못하는

이 기운이 이 세계 안은 물론
저 허공을 거쳐서
저 태양에
저 달나라에

저 은하에까지
이르기를 바라는 마음이

더더욱 열심히 정진하노니

이것이 금생에

내게 주어진 과보인가 하노라

마지막 불사

그 무슨 정진에도
게으름이나 핑계 없이

정진할 수 있는 힘을 주신
불 보살님께 무한 감사드리면서

아들 딸 환갑동이 일동을 모아
재학 중인 장손과 나랑 함께

최종 불사로 법왕사에 원불
삼십삼 관세음보살님을 모신

이것이 아마 내 마지막 불사가
되지 않을까 생각된다

나무 삼십삼 관세음보살 마하살

오면 반드시 간다

살랑 살랑 아장 아장
귀여운 봄바람도 지나가고

억세고 거친 돌풍 태풍도
지나가고 말듯이
어느 하나 머물러 있질 않다

미세한 들꽃에서
거대한 지구에 이르기까지
어느 무엇도
머물러 기다리지 않는다

그 속에서 인생이야
당연함이 아닌가

이렇듯 대자연의 흐름에
함께 따를 뿐이다

어깨 힘 목에 힘

줄이고 빼고

오면 반드시 가는
순리를 따름이
당연히 마땅하리라

부처님 은혜

그 높 넓이가
삼백삼십육만 리가 된다는
그 수미산보다

부처님의 높 넓은 크신 은혜에
보답할 길 찾지 못해

오직 정진과 수행만으로라도
은혜의 보답으로
가슴 여미오며

나 일진행에겐
불연의 반세기 그가
실상의 진금 같은 보물이기에

무릎 꿇고 엎드려 큰 절 올리옵니다

나무 석가모니불
나무 시아본사 석가모니불

언행과 덕행

'나'라는 집 애착이
나 스스로를 망가뜨리는
마구니인 것이다

무지개가
영롱하게 아름다워도
때와 장소의 갖추어짐으로
나투는 것처럼

중생은 육신을 빌려
언행과 덕행에 따라
그 인품이 표출된다

현재에 충만을 가지라
불만은 충만을 삼키는 덫이다

수행이 익어가면
만행이 저절로 일치된다

어느 어디에도
걸리고 잡히지 않으므로

마땅히 언행과 덕행이
구족하리니

게으름이나 핑계가
저절로 사라지기 마련이다

불연의 감사함

아름다운 수행자의 모습은
그 인품이
언행에서 비롯된다

내 지난날
대망처럼 여겼던
누구 못지않게 그 숱하던
아상 망상 집착이

그 모두 어디로 갔을까

너무나도 소중한
내 불연의 반세기에
어찌 감사함을 내려놓으랴

엊그제같은 그 날들이
봄눈 녹듯 얼음 풀리듯

본래로 실체가 없는

그들이긴 하지만

알뜰살뜰 여며 온
내 불연의 반세기에
어찌 충만과 행복을
내려놓을 수 있으랴

사랑의 씨앗

내 안의 무한을
스스로 밝혀보라

마르고 닳도록 써도
다함이 없느니라

매사에 부족함이 없어
충만이 넘쳐남을
어느 순간에 알게 되리라

백 번의 망설임은
단 한 번의
행함만 못하거늘

마음 없는 생각만으로는
매사에 진전이
있을 수 없나니라

작은 배려와 베풂이

곧 사랑의 씨앗이 되나니

그가 없는 사랑이
어찌 영글 수 있으랴

마음 모아 노력할지어다

평상심

꼭히 수행과 정진의
원력이 아니어도

육근이 육진에
끄달리지 않고

만나는 모든 이들을
부처님 만나듯 하며

사랑과 감사로
그 마음이 견고하면

평상심으로도
마땅히 세세생생
복덕이 구족하려니와

복되히도
불연을 만났으니

수행과 정진으로 더불어
부처님 닮아가며 사노라면

지금 바로 행복을
스스로 느낄 수 있을 것일세

모두 모두 부처님 닮아가며
모두 모두 행복하소서

한 생각

예쁘게 파마도 하고
목욕도 하고
빨래도 하고
집안 청소도 말끔히 했으니

이 맑은 기분으로
이대로 갔으면
더없이 행복하련만

호흡하고
먹고 자고 이대로니
안타깝다 어이하리

백세시대란 용어가
몹시 거추장스럽다

하지만 동서남북 사유상하
막힘없는 공의 세계를

아스라이 바라보는
이 마음만으로도
가슴 설레어 온다

나무 아미타불

소중한 행

짬짬이
자기를 점검하는 것이
더없이 소중한 행이 되리라

남이 나를 다스리지 못한다

오로지 자신만이
자기를 다스릴 수 있는 것이다

한 순간을 방심하여
소홀하지 말지어다

찰나의 방심이 자라
일생의 방심이 되느니라

도 (하나)

도! 그는 형상 없고 가 없는
거룩함과 위대함이
생성되어 머무른 것이 아닐까

오탁악세에서도
구애받지 않으며

일월과도 같은
밝음과 맑음만이

영원한 청정으로
시종을 지키는

불변의 아름다움
바로 그것이 도가 아닐까

정진과 수행

경전 속에
무수히 많은 말씀들

그 모두는 평상심에 이르는
방편이며 지름길이다

너와 나 누구나가
때 늦은 후회에
걸리지 않으려면

오늘을 잘 살펴서
가려 행함이 마땅하리라

만약 정진과 수행의
소중한 행함이 없다면

얄팍한 이론만으로는
한낱 지식에 이를 뿐이다

정진하고 수행함이
철길처럼 나란히
불변의 평상심이 되면

최악의 경우에도
분노와 흥분은 따르지 않으리라

내 안에 연꽃

세월가고 세월오면
나도와서 나도가고
너도와서 너도가네

오가는   세월속은
자국자국 무상으로

근엄하신 님의말씀
한가슴   차오르네

내이두손 마주모아
내안에   연꽃피워

그향기   멀리멀리
중생계와 허공계에
이르게   하고파라

마하 반야 바라밀

세월

모습도 소리도 없이
묵묵히
이 지구를 통째로 싣고

불철주야 허공을 거니는
그대 세월이시여!

당신의 시종은
어디서 어디까진가요

바닷물이 다하고
저 태양이 다할 때까진가요

태고로 수수 억만 사연을
세월 당신께 물으며

그 속에서 오가는
우린 중생이라오

그대 형상 없음이
마치 인간의 마음 같거늘

행여 이 우주의 마음이 아닌가요
만약 그렇다면

그댄 마땅히 선악의 과보 없이
그대 산실에는 평화만 가득하리다

내 안의 광명

고행속에 묻힌실상
정진으로 끌어내어
수행으로 갈고닦아

내안에   밝은광명
발하면   그가바로
성불이요 깨침일세

게으름과 핑계속에
허송세월 하질말고
정진하세 수행하세

깨달음도 성불도
본래주인 없는지라
내가바로 주인일세

탐욕심이 웬 말이냐

인생일장 춘몽이요
공수래　공수건데
탐욕심이 웬말이냐

선심선행 못다하고
가는날에 이를지니
지체없이 닦고행해
선과를　지음일세

선한과보 지음으로
극락왕생 상품상생
밝은길이 열리리다

받는것도 기쁘지만
주는것이 더기쁘니
아주작은 하나라도

주는마음 키워가면
모이고　쌓이어서

크게줌이 되느니라

베풀고　　배려함은
자비심을 키워내는
첫걸음이 되거늘

아낌없이 걸림없이
속속행할 지어다
어물어물 하다보면
가는날에 당도하리

아미타 큰부처님

각원사 청동대불
아미타 부처님

바라보기만 해도
가슴 벅차오르는
위대하신 모습

엄지와 중지가 만난 오른손은
가슴 앞에 세우시고
왼손은 무릎 위에
편안히 내려놓으신

장엄하신 그 모습으로
내려 뜨신 두 눈으로는
넓은 세상 다 보시고

열어 놓으신 두 귀로는
세상 소리 다 들으시며

꼭 다무신 입으로는
무언 설법하시네

주름 잡힌 가사 자락
늘어뜨리신 자비하신 모습으로

서편 하늘 아래
극락세계 향해 앉으셔서

묵묵히 중생들의 고난을
애처로이 살피시며

알뜰한 정진
알뜰한 수행으로
충만한 행복을 영위하라

소리 없는 소리로
항상 일러주시네

나무 서방 대교주
무량수 여래불
나무 아미타불 나무 아미타불
나무 본사 아미타불

염불 정진 다라니 정진

조는 듯이 정진함은
게으름을 부르고
졸음을 부르기 직전이다

염불 정진도
다라니 정진도

소리가 있음으로
살아서 탄력을 받는다

타에 방해되지 않는
장소라면

내 소리를 내가 들음으로써
탄력의 큰 힘이 되는 것이다

탄력을 받으면
전신에 열기가 돌게 된다

그러므로 온몸으로 하는
정진이 되는 것이다

가장 쉬운 정진인
염불 정진 다라니 정진은

언제 어디서나
앉으나 서나 할 수 있어
어느 무엇에도 구애 받지 않는
정진 중에 정진, 제일 정진이다

충만한 삶

이 세상 만물 중에
사람 몸 받아와서
부처님 법까지 만났으니

더 위가 없는
더 바랄 것이 없는
대 행운을 갖추었는데

세상 것 탐할 것이
무엇이겠는가

단 하나
탐욕과 아상에서만
벗어난다면

충만한 행복을
누릴 수 있을 것인데

무엇에 걸리고

무엇에 잡히랴

보시에 인색하지 말고
나에 착하지 말라

몸과 마음의 조복

이 육신을 아껴
난행 고행에 인색하지 말라

몸과 마음이 조복되면

하고자 하는 일에
망설임이나
주저함이 없어지면서

악은 무너지고
선은 쌓이기 마련이다

심신에 조복 없어
몸과 마음을 이기지 못하면

생각만으로는 매사에
행함을 이룰 수 없으니

내 몸과 내 마음을

고분고분 쓸 수 없게 된다

그러므로
내 몸과 내 마음이
남의 것과 무엇이 다르랴

한백년 잠깐인데
한생각 놓치지 않고

내 마음과 내 육신을
내 마음대로 쓰고 갈 수 있도록

심신 곧 몸과 마음의 조복에
아낌없는 난행 고행을 발하소서

걸리고 잡히지 않으려면

저 태양을 보라
비가 오나 눈이 오나
먹구름이 가리고 막아도

너무나도 태연하게
분노하지 않듯이

중생들의 심신이 조복되면
매사에 걸리고 잡히지 않을 테니

노력하여 심신을
조복할지어다

우주 만상은
우리 중생들의

밝은 거울이자
길잡이인 것이다

진리의 섭리

행운의 기회가
목전에 다가있어도

미혹한 자
알지 못해 잡지 않는다

지혜로운 자는
그 기회를 놓치지 않고
반드시 잡고 행하게 된다

지난날 금강경 일만 독을 할 땐
깊은 잠결에도
금강경 구절을 외우던 것이

지금은
미타 염불 소리
다라니 소리에 잠이 깨어

그대로 따라 외우는

내 안에 나를 본다

이것이 본래의 나였었구나

진리의 섭리가
내 안에 잠재해 있음을
육안으로 보는 듯하다

내 안의 극락

불법의 오묘함에
꼼짝없이 밀려난

날 선 칼날 같은 아상
진드기 같은 탐욕이

언제 어디로 사라졌는지

불법의 희유함에
이 몸과 마음 아끼지 않고

마르고 닳도록 행하오리다

세상 것에 마음 주지 않으니
보고 듣는 감각기관이
쉬어져 있거늘

헛되어 마음이 쫓기지 않아

오로지 일념을
정진에 쏟아 부을 수 있을 뿐이다

바르게 알고 바르게 행하면

한 치 앞이 도요
한 치 앞이 깨달음이라

내 안의 무한이
일월 같이 밝고 맑아

한 티끌 한 먼지 끼어들지 못해
세상 것 다 벗어놓은 가벼운 마음

극락이 따로 없네
내 안에 극락이 진극락일세

해탈의 길

일체중생 그마다
소소영영 자기 불성
사람마다 다 있건만

미혹한 중생 알지 못해
허송세월 안타깝네

부지런히 공부하면
육도윤회 벗어나서

이 몸뚱이 걱정할 일
추호도 없으리니

마음 모아 정진하며 수행하세

해탈의 길
멀고 가파르더라도

광대한 이 마음

아낌없이 펼쳐

부디 전 전행하소서

유익함의 노예

순간의 유익함에
속지를 말라

요행이라
기뻐하지도 말라
즐겨 행하게 되리라

즐겨 행함 곧
습이 되고 업이 되나니

점점 자라서
유익함의 노예가 되면
벗어나기 어려우니라

선과 악이 함께 있나니

자칫 탐욕에 걸리지 않도록
삼가 가려 행할지어다

은혜의 인연

혈연으로 만난
소중함 속에서도

전 전 전생에서 지어진
주고받아야 할
빚 진 인연이 있을 것인즉

그 아닌
은혜의 인연이라면
얼마나 다복한 인연일까

소중한 마음 다치지 않는
여법한 삶으로

은혜의 인연을
지어가는 삶이 되도록

넉넉한 마음 일구어가는
보람된 삶

여법한 삶으로
영위하여지이다

마하 반야 바라밀

대 자유인

태양이 꺼지지 않듯이
지구가 멈추어 있지 않듯이

철길이 나란히 어김없듯이
백팔염주 일천 주 따라

불 보살님 부르며 엎드려 절하며
멈추지 않는 갖갖 방편으로

근기 따라 해탈의 길
깨달음의 길로 가는 걸음

늦추지 않으면
그 마음이 열리면서

육근이 육진에 걸리지 않아
대 자유인이 되어

실상묘법에 이를 수 있나니

그대들 모두
속속 분발하셔서

대 자유인이 되소서

예 하나

거북이와 토끼의 경기에서
토끼의 아상과 게으름으로

거북이가 이겼듯이

홍부와 놀부의 이야기에서
놀부의 욕심이 덫에 걸려

수렁에 빠지고

거북이의 끈기와
홍부의 착함이 원만했듯이

마땅히 순리와 역리를 알고
가려 행함이 절실하다

예 둘

지난날
금강경 일만 독을 할 땐

잠결에도 금강경을 읽었으며

삼천만 미타정근과
백만 다라니를 향한 지금은

잠결에도 정근을 하며
다라니를 외우고 있으니

이 또한 당연히
일념의 끈기
내려놓지 않는 끈기가 절실하다

마음 (하나)

소리도 없이
형상도 없이
그림자마저도 없으면서

그 정체가 불가사의한 마음

중생 중생마다 다 있으면서
마치 없는 것 같은 마음

중생들의 업행에 따라
바늘구멍도 되고
천상 극락 지옥도 되면서

희유한 이 마음의 결정체가
선악의 주인이 되는 것이다

중생들은 이 몸 가졌을 때
행운의 소중한 기회를
놓치지 않고 받아

잘 다스려 행하면

곧 부처인 것이다

부디 삼가 조심스레
업과를 지을지어다

무량광 무량수

일체중생들의 본질이
무량광 무량수임을
믿어 의심치 말라

알뜰한 수행
충만한 정진으로

저 서천 아래 이르기를
서원하라

그곳은 타락하지 않는
불국정토이기에

깨달음에 이를 수 있고
해탈에 이를 수 있느니라

나무 서방 대교주
무량광 무량수 여래불
나무 본사 아미타불

마음이 그늘지면

햇볕이 쨍쨍해도
마음이 그늘지면
구름이 가린 듯 느껴진다

그 마음 다스림이
밝지 못한 까닭이다

한 생각 돌이켜
님의 소리에 귀 기울여보면

어둠을 밝음으로 바꾸는
묘법이 있나니라

어느 어디에나
밝음과 어둠은 함께 있어

그 마음 씀씀이에 따라
밝음이 되고 어둠이 되나니

마치 전등을 끄고 켬과 같아

본래로 어둠이며

본래로 밝음이 아니니라

저무는 한 생

오는 줄도 모르고 온
이 세간에서
희로애락 다 겪으며
한생을 살고 가는 길이

마치 허공에서 뿌려지는
빗방울처럼
그 흔적이란 찾아볼 수 없네

오직 저물은 한생
이것이 그 전부일 뿐

그것밖엔
내놓을 것도 들여놓을 것도
어느 하나 가려낼 것 없는

저 허공을 끌어안은 듯한
공허한 내 작은 가슴팍에

무엇을 무엇에
어떻게 접어야만 할까
한생각 멈추어본다

나무불 나무법 나무승

나의 정진 나의 신심

무수히 많은 날 그 많은 날들이
마치 사계를 안거에 든 듯한
굽힐 수 없었던 나날이었다

과거세에 어떻게 살았으며
내세에 어떻게 살 것이기에

금세에 이렇게도
긴 정진의 끈이 이어져 있을까
알지 못해 궁금하기도 하다

하지만 어제도 오늘도 내일도
나의 정진은
장강줄기처럼 끊이지 않고

샘물처럼 솟는 신심도
멈출 줄을 모르고 용솟음칠 뿐이다

나무 불 법 승

마음 (둘)

마음이 스스로 마음을 살펴보니
그 마음 참 오묘하도다

어떻게 생겼는지 알 수도 없는 것이
본래로 청정을 팽개치고

유익하고 불익함을
잽싸게도 알아차리니

만약 불법을 공부하지
않았더라면

말려들기 한 찰나이지 않을까

불연의 깊은 은혜로 마음의
희유함을 알고 봄이 다행스럽다

복

아무리 눈을 크게 떠도
보이지 않는 복이란 실체

짓는 만큼 쌓임을 알아야 한다

한 생각 금시 유익함에 걸리면
복을 짓는 길은 막연하다

스스로 자신에게는
인색할지라도 항상 내려놓은
그 마음이 나서서

보시하고 베푸는 그 마음이면
복덕이 쌓이기 마련이겠지요

함께
사랑도 꿈틀거리겠죠

도 (둘)

어느 쯤에 있을까
생각보다는 멀리 있지 않을 것이다

분별심을 여의어 나가 없이
육근이 육진을 쫓아다니지 않고

유익함에 허덕이지 않아
그 마음이 편안하면

그가 도의 시작이라 말하고 싶다

하지만 가까이에 두고 행여나 하고
멀리서 찾고 있으면서도

중생들은 그가 탐욕임을 알지 못한다

말과 행이 나란히 일치되고
지금 그대로에 충만을 알면

오늘날의 도가 아니겠는가

빈손 와서 빈손 가는데
세상 것의 노예가 되지 않음이

마땅히 도의 근본이리라

마음 다스리기

부처님 법 안에서
탐진치 삼독이 여의어지면

빈부귀천 부귀영화가

생각의 차이일 뿐 따로가 아닌
그대로 하나인 것이다

그 마음 잘 다스리면
하해와 같고 허공 같거늘

오직 그 마음 정착하면

마음 밖의 무엇인들
마음 안에 없겠는가?

마음 안에 세상 것을 다 두고서
부디 찾아 어리석지 말라

진 깨달음의 세계해

석가모니 부처님께서는
깨달으신 후
실상의 세계해를 다 보시고
다 아시는 분이시다

중생들의 깨달음이란
한낱 지식에 불과할 뿐
과거 현재 미래는커녕
실상의 대세계해를
꿰뚫어 보는
그런 깨달음일 수 있겠는가

석가모니 부처님께서는
실상의 세계만이 아닌
시방 세계해를 이 세계해처럼
다 보시고 다 아시는 분이시다

중생들의 깨달음이 감히
부처님의 깨달음에 이를 자가

그 누구이겠는가

석가모니 부처님께서는
중생 제도를 위해
이 세간에 나투신
진리의 분신이시다

경전 속 광장설의 실상 세계해를
광대히 만나볼 수 있듯이
시방 세계해 그 모두를
상상으로 펼쳐보면서
부처님 세계해를
염두에 그려보게 된다

석가모니 부처님의 깨달으심은
이 우주 저 허공의 비유로도
다가갈 수 없어
모자람이 될 뿐이다

나무 석가모니불
나무 석가모니불
나무 시아본사 석가모니불

범어사

내 발심도량인 범어사에서
대도심 도반이 가져다 준
신축년 달력을 펼쳐보면서

장장이 도량의 친근감 있는
사진이어서 감회가 더욱 깊었다

도량 뒤 언덕바지에
영산홍을 심고

대웅전 관음전 뒤 화단 둘레
자연석을 심으며

마치 내 집처럼
단장을 하고 싶었던
그때 그 마음!

정관 주지스님
혜총 부주지스님이 계실 때

신심의 농도를
어찌 다 말할 수 있으랴

강원의 시원스님이랑
대웅전 철야 정진으로

맨 처음 삼천배를 할 때
너무 멀고 힘들던 기억은
지금도 생생하다

그 후로 음력 보름마다 계속
삼천배를 하게 되었다

최선을 다해 기어이
삼천배를 해낸 그 신심이

강산이 몇 번이나 변한
오늘에 이어진 장강 줄기 같은
나의 신심이 되었나보다

멈출 수 없었던 그 신심이
기어이 심신의 조복을
받아냈으니 마치 꿈속 같은

온갖 난행 고행의 터널을 빠져나와
지금은 저 언덕에 이르러

원만한 신심 충만한 정진으로
앉은 자리에서 이어가고 있다

나무 불 법 승

탐욕을 덜어내는 작업

중생들이 쉽게 생각하기를
보시하고 불사함을

복 지어 복 받음으로 생각하기가
그 전부이기 쉽지요

보다 큰 탐욕을 덜어내는
대 작업임을 미처 생각하지 않는다

육바라밀 중에
보시가 맨 앞자리인 것이

우리 인간사에 한계가 없는 탐욕이
가장 큰 장애가 되기 때문이다

지계 인욕 정진 선정 지혜의
다섯 바라밀이 보시를 앞지르지 못함은

중생사에 탐욕이 그만큼

중중 업이기 때문이다

생각 생각 작은 나눔에서
큰 나눔에 이르기까지

찰나를 인색하지 말지어다

업

너 나 없이
제 잘남을 앞세워
으스대지 말라

그 모두
업이 되어 자라서
반드시
돌아오느니라

더 내릴 수
없을 때까지
나를
내려놓음이

자신을 지키는
대 방편임을
스스로
터득함만이

영원한 지혜의
충만한 삶이 되리라

마하 반야 바라밀

지은 복이 거덜나기 전에

아무리 검소하고
스스로 물 샐 틈 없이
적절히 아껴 모아도

마땅히 쓸 곳을 모르면
기다리던 버스를
지나 보냄과 무엇이 다르랴

살아가면서
현재 복이 그만그만하면

다시 복 지음에 소홀하여
있는 복이 바닥나기 일쑤이다

지어진 복이 거덜나면
다시 복 지어 그 복 받기까지는

까마득히 멀고머나니
남은 복이 있을 때

다시 복 지어야 함이
당연히 마땅함일세

행여 잊을까
당부드리고 싶네요

매화

깊은 겨울잠에서
새벽 예불 시간 늦을까
일찍 깨어난 매화

묵은 가지 마디마디에
알몸으로 매달린
송이송이 그마다

마치 꽃가마 탄
새색시처럼

깜찍하게도 아름다운
그 몸에서 풍겨나는

그윽히 착잡한
이른 봄 향기에

늦잠 든 새순들이
수줍은 듯 꿈틀거린다

2021 일진행 나

나에겐 이남 이녀의
네 아들딸이 있다

나 스스로 독립한 지
만 칠년이 지났다

역시 잘 선택한 일이라 생각한다

저들은
이 핵가족시대를 즐기고

이 어미는
자식들의 효행길이 된 셈이다

그 세월 속에
서로 분담이나 한 듯이

장남은 내 거처하는 곳에
방충망 난방유 전등 매트 에어컨 등등

온갖 불편함을 해결해주었고

짬짬이 바깥바람을
쐬어주며 심심찮게
외식도 시켜주는 역할을 하는

내 아들 장남이며

딸 장녀는 요리하기를 즐겨
온갖 귀한 먹거리를 챙겨주며
입거리까지 챙겨주는

내 딸 장녀이다

차녀는 온갖 간식에다
푸짐한 먹거리와
갖가지 필수품을 함께 챙기는

내 딸 차녀이며

아들 막내는 생수 약 의료보험
핸드폰 일체 용돈을 챙기며
하루건너 전화 오며

매월 중순과 하순에는
어김없어 다녀가는 것이
마치 컴퓨터와 같은

내 아들 막내이다

그중에 한 번씩 용돈을
꽉꽉 주는 며느리와 딸도 있어

주는 기쁨도 크려니와
받는 기쁨 또한 흐뭇하다

아들딸 네 명이
총총 챙기던 외식도
코로나19로 인해
지금은 멈추어 쉬고 있으며

두 아들은 아들끼리
두 딸은 딸끼리
다정하게 지내는 모습이

고맙고 흐뭇하기만 하다

임인년 내년이면
막내가 환갑인데

이 어미 적당히 갈 수 있었다면
얼마나 다복할까

끝으로
눈이 반짝반짝하는
세 명의 친손
네 명의 외손이 있어

만날 때마다
용돈을 받는 즐거움이며
끌어안아주는 기쁨 또한

나 일진행의 장엄이기도 하다

이 모두 옛 어른님들의 은애와
부처님의 가피가 아닐 수 없기에

행주좌와 감사드린다.

나와의 약속

반세기를 키운 이 마음이
어제 빠뜨린 것은

오늘 챙겨서 기어이
해야 하는 습이 있다

채비지 시간이 있으면
내일 것도 오늘 준비하는 이 마음은

어느 하나를 놓치지 않는 그 마음이다

나에게 심신조복이 아니었더라면
게으름이나 핑계로 잊고 지난 것은

그대로 넘기고 내일 몫은
내일로 생각할 것인데

어떤 경우에도 나와의 약속은
천금 만금이기에

어겨본 일이라곤 없는 사실이다

불가에 몸을 담은 나의 신념!
나와의 약속을 으뜸으로 삼음이

당연한 필수가 아니겠는가

어느 비 내리는 날

주룩주룩 많은 비가 내리는 날
막연한 나의 생각으로

우산도 받지 않고
우의도 입지 않고

자연이 뿌리는 물로

머리에서 발끝까지 받아
이 땅에 풀과 나무들처럼

탐욕과 아상 번뇌 망상이 없이
씻어 내릴 수 있다면

본래의 청정 해맑은 미래로
진입할 수 있지 않을까

만약 그럴 수 있다면

시루에 콩나물처럼
머리에서 발끝까지

허공에서 내리는 물
땅을 씻지 않은 물로

욕계에서 퇴색한 이 영혼을
청정히 닦음으로

이 세간의 불가사의한
희유함이 되지 않을까

마치 꿈을 꾸는 듯한 생각을
서물서물 안개처럼 피워본다

일출과 일몰 같거늘

한 생의 소중함을
불철주야 실어 나르는 세월은
오늘이 가고 다시 오늘이 온다

어느 하루를 소홀히 보낼 수 없었던
나의 일생을 자리매김해 온
열정의 신심으로
반세기 세월이 목전에 이르렀다

너와 나 그마다의 지은 과보 따라
태어나고 돌아감이
마치 일출과 일몰 같거늘

그 영혼을 태양에 견주어본다면

밝은 날 어두운 날이
선과 악을 지은 자의
비유가 되지 않을까

한백년 꿈과 같나니

보리 심어
보리 가꾸어
보리 거둠이 마땅하리라

보리 수학하여
쾌히 나누며 살자구나

귀의불 귀의법 귀의승

보리의 터전

한 생을 마치 꿈속처럼
조는 듯 지나보내고
가는 날에 당도하여
아쉬움이 있을진대

어쩌랴
돌아설 수 없는 이 길을

한백년 허송세월에
가슴만 멍울질 뿐

어느 누굴 잡고
하소연 할까보냐

그제서야
보리의 터전이 그리울지다

인생 일장춘몽인데
지음이란 행은 너무나 소중하다

앞서거니 뒤서거니 가로채는
탐욕에도 거들떠보지 않는 자

반드시 지난 생에 지음이 분명하리라

원만행

금생에 막힘이나 괴로움은
전생의 업 갚음이거늘

이 생에서 한 끼니 거르더라도
온갖 걸림들을 받아 행하지 않고

엉거주춤 짚고 넘어가면
다시 다음생에서 만날 것이니

온갖 업에 복리가 따르지 않도록
원만행에 노력할지다

이제나 저제나 미루다보면
어느 생에 해탈하겠는가

보시의 인연

생각으로나 마음으로나
행으로나 육안으로나

보시의 필요를 느낄 때면
놓치지 말고 반드시 행할지다

기회를 만나기란 지극히 어렵다네

보시행은 이생에서
탐욕을 여의는 최상의 지름길이요

내생에서는 복덕이 쌓이는
최상의 지름길이 되나니

보시의 기회가 오면
그 인연을 놓치지 않고

필히 행하기를 권장하고 싶다

다소곳이 불연의 진리에서 살고지고

2020 경자년은 코로나19로
온 세계가 요란스러워도

자연은 묵묵히 돌고 돌아
2021 신축년 새해는
옛 그대로 밝아왔다

고도의 문화에도 인간의 힘은
자연의 한계를 넘지 못하거늘

만물의 영장이라
수승함을 거두어들여

다소곳이 불연의
진리에서 살고지고

시절 인연에 따라
지금은 입을 막고 코를 덮고

얼굴을 가리고 살아야 하니
참으로 가혹한 일이로다

하지만
바람 불어 지나가듯
구름 흩어져 사라지듯
명쾌한 날이 다가오리라

자타의 극락왕생

불연의 광대한 인연으로
세상 것 작은 하나도
탐하여 주워 모으지 않으니
이것이 도요

갖고 싶은 마음 그조차 없으니
이것이 수행이며

작은 하나라도 버리기를 애쓰니
이것이 해탈의 진입이 아닐까

이대로 청정히 금생을 마감하려 하나
가는 날을 알지 못해 조금은 아쉽지만

나 일진행의 삼천만 미타정근의
대 원력으로 자타가 함께

극락왕생 구품 연화대에
상품상생 하여지이다 아미타불

마음 (셋)

있는 듯 없는 듯한 그 마음

씀씀이 예쁘고 따뜻하면
모습도 예뻐지고
건강도 좋아지고
보이는 것마다
넉넉하고 평화로우니라

아상과 탐욕이 부려지면
모습도 미워지고
건강도 나빠지고
보이는 것마다
모자라 불평불만이리라

그 마음 어떻게 써야 할까
사랑 나눔 배려로
따뜻하고 밝은 세상 되도록
함께 노력하며
일구어 가야만 되겠지요

지혜의 숲

어렵사리 태양처럼
떠오르는 오롯한 한 생각

아상을 여의고
육바라밀 행만이

원만행이며 충만행이 아닐까

나를 내리고 아낌없이 베풀며
지계로써 인욕하고
정진하면 선정이 자라

지혜의 숲은 마땅히 무성하리다

우리 모두 사상을 여의고
육바라밀 행에

원만 충만 구족하여지이다

내 안의 신심

내 안에 소용돌이치는
못 말릴 신심으로
전국 곳곳을 동행 없이
순례하던 그나마
조금은 젊었던 시절

제주도 약천사 남국선원
마라도 기원정사 통도사
불국사 석굴암 운문사
각원사 보탑사 휴휴암
설악산 건봉사 등등
참 신나게도 다녔었지

머물렀던 곳곳마다
내 안에 성성한
흔적을 남기면서
배회하던 그때 그 시절

스스로 만들어

스스로 행한

말할 수 없이 말할 수 없는

참 좋은 기회였었지

억만금이 쏟아진들

재현할 수 없는

처처에 심은 신심이

오월의 죽순처럼 자라서

이 땅이 청정한 불국정토로

장엄되었으면 하는 간절함이

소용돌이치는 이 마음을

부처님께서는 넉넉히 아시리다

시간

세월은 시간의 모체
시간은 세월의 분신으로
낮과 밤 사계를 보내지 않아도
어느 한 순간처럼
묵묵히 가고 있다

소리도 없이 형상도 없이
미운 정 고운 정 분별도 없이
이 세계 안의 그 모두를 실은 채
언제까지 어디까지를 가는가

가다가 저물고 무거우면
쉬어가도 탓하지 않을 텐데…
한 번쯤 뒤돌아보면서 가도
어느 누가 혼내지 않을 텐데…

이 지구상에 모든 이들이
너 나 없이 쓰고 있는
셀 수 없이 많고 많은 시간들

그 모두 그대의 모체이려니와

중생들은 아낄 줄 모르고
쓰고 또 쓰면서도
그 고마움을 미처 알지 못하니
안타깝지만 어쩌리오
그대의 광대함으로 굽어보소서

민들레

아지랑이 소곤소곤
봄이 오는 길목
담장 밑 틈바구니에 끼어
앙증맞게 핀
샛노란 민들레

겹겹이 쌓인 꽃잎마다
인내의 사랑이 미소 짓는
그 모습 아름다워라

그대 일생의 고락을
오가는 길손의 벗으로서
충만을 여미다가

그 몸이 호호가 되면
추호의 미련 없이
자연에 실려 보내고
세월에 묻혀가는
그대의 삶 아름다워라

부처의 시작

이 세간에
사람 몸 받아 옴은
곧 부처의 시작이다
얼마나 복된가

무너지지 않는
난행 고행의 정진으로
위가 없는 수행자가 되어
일체중생 모두모두
부처 되어보세

너도 부처 나도 부처
다함께 부처 되어
서로서로
부처님 부처님 부르며
합장 배례하는
여법한 중생부처로서

사상을 여의고

원만구족한 바라밀 행으로
아뇩보리에 이르면
일체종지에 이르러지리다

나무 마하 반야 바라밀

실상의 탑

나 반세기 오랜 세월을
한순간처럼 투자하여
정진하고 수행하며
묵묵히 쌓아올린
내 안의 실상의 탑!

자칫 한 생각 늦춤으로
아상과 집·애착 탐욕이
행여 살아날까 염려되어
일념의 공든 탑이
여법히 쌓일 수 있도록

순간의 방심으로
미세한 누마저도
범하지 않으려
일상 속에서 이 마음
항상 늦추지 않는다

마하 반야 바라밀

중중량의 탐욕

아주 작은 것에
머물던 욕심도
큰 것에 머문 욕심에
지나지 않는다

그와 비슷한
옛말이 있지 않는가
바늘도둑이
소도둑 된다는 말

아주 작은 것에서
자기도 모르게
큰 것이 보이게 됨을
미처 알지 못할 뿐이다

수행하지 않으면
삼생도 믿기 어렵거니와
선악의 과보 또한
믿기 어려울 것이다

모름지기
불연에 마음 담은 자는
육바라밀의 원만행으로
선리의 삶을 사노라면

중중량의 탐욕도
몸 둘 바를 몰라
줄어들기 마련이거늘
애써 노력할지어다

마하 반야 바라밀

삼천만 미타정근

차츰 영글어 가는
삼천만 미타정근으로
나무 아미타불
나무 아미타불
나무 아미타불

가슴 앞에 두 손 모아
가부좌하고 앉은 채로
합장 배례하면서
자타가 서방정토
극락왕생하여지이다
자타가 구품연화대에
상품상생하여지이다

나무 아미타불
나무 아미타불
나무 아미타불
이렇게 대서원이
염불 속을 맴도니

굳이 애써 발원이
필요치 않음이 여실하다
나무 아미타불
나무 아미타불
나무 아미타불

이러히 자타의 성불행인
삼천만 미타정근이 어우러져
낙화되지 않는 실상의 꽃
만세에 유전하는
미타의 꽃이 되어 그 향기
영겁토록 중생계를 넘어서
허공계까지 이르러지이다

나무 본사 아미타불

건봉사 보궁

긴 여정이었던
만행길 막바지에
속초에서 만난
환희명 도반이랑
종착지인 건봉사에 묵으면서
때마침 보궁 기도 스님이
계시지 않아서

도반이랑 목탁 치며 절하며
석가모니 부처님을 목청껏 부르며
새벽예불에서 저녁예불까지
사분정근을 할 수 있었던
이박삼일 간 그 인연 또한
대단하지 않았던가

머무는 곳마다 도래되는
인연들 모두 희유하리만큼
신심을 북돋우는
유익한 만남들이었다

어찌 우연이겠는가

발길 닿아 머문 곳곳에
뿌려진 신심이
회오리바람 타고 일어나는 불꽃처럼
꺼지지 않는 성화처럼

방방곡곡에 신심의
깊은 뿌리가 내리기를
간절히 바라는 마음
아끼지 않는다

아! 복되도다 나의 일생
여한 없이 잘 살았노라
나무 석가모니불
나무 석가모니불
나무 시아본사 석가모니불

뜬구름 같거늘

한 세상 살고감이
허공을 지나가는
뜬구름 같거늘
빈부귀천
부귀영화
그 모두가 뜬구름에
실려 있음이로세

세상사 그러하온데
무엇이 내 것이며
무엇이 내 것 아니랴
갖고 싶은 대로
부지런히 챙겨 모아
애지중지 지니다가

홀연히
한 생각 깨어나서
행여 무거움이 느껴지거든
헌 신짝 버리듯

애착 없이 버리려무나
그가 바로 해탈로 가는 길이니라

한 생각 방심치 말지어다

앉으나 서나 나의 정진

온몸으로 외우는
이 다라니 공덕으로
내 작은 가슴은 넓혀지고
가없는 마음 따라
신심은 허공을 치닿는다

물러서지 않는
일념의 대 정진으로
습이 자란 과보는
앉으나 서나 정진이다

그로 인해
전국 곳곳에 나의 신심을
발걸음 닿는 대로
내려놓을 수 있었음은
일념에 대해
바로 그것이었다

위가 없는 불은으로

행복했던 나의 후반생
불퇴전의 정진으로
이어진 반세기 세월은
내 운명의 새로운
결정체가 형성되어 간다

나무 불 법 승

도행을 하듯 깨달음을 얻은 듯

보라 저 허공을
보라 저 태양을
보라 저 자연을
얼마나 푸근하고 넉넉한가

바람을 잡고
구름을 잡고
찌는 듯한 더위에도
얼어붙는 강추위에도

털끝만큼의
시비도 하지 않고
유유히
마치 도행을 하듯
깨달음을 얻은 듯

그마다 그들의 본분을
벗어나지 않고
이 우주 법계를

한 품에 품어 안고
밤낮을 전전하고 있지 않은가

하나하나 그 모두가
중생들을 가르침으로
이루어짐이 아니겠는가

우리 모두들
사사건건 따지고
시비하지 말며
저 대자연처럼

훈훈한 삶을 영위하여지이다

사상과 육바라밀

아 인 중생 수자 사상 중에
아상은 육바라밀 중에
보시와 같은 상이다

그러므로 아상만 내려지면
다음 인상 중생상 수자장은
쉽게 내려지는 것이다

그와 같이 육바라밀 역시
보시로부터 탐욕이 덜어지면
지계 인욕 정진 선정으로
이어져 지혜에 이르느니라

진 불자라면
아상과 제일 바라밀인
보시로 탐욕을 여읨이
으뜸 행이 아닐까요?

자타에 대한 나의 씀씀이

나 자신에 대한 씀씀이는
너무나 각박하고도
인색한 땡보이면서도

마땅한 타에 씀씀이는
상상을 초월하게
원활함을 나 스스로
잘 알고 있지요 나에게는
이렇게 자타에 씀씀이가
정반대이다

제일 바라밀인
보시 바라밀 행으로
탐욕을 벗어놓으니
한 생각 오롯이
실다움에 살고저
선심이 풍선처럼 늘어남은

탐욕에서 벗어나니

그럴 수밖에 없죠
이렇게 아뇩보리의
실상묘법으로 다가서면서

스스로 지은 행복으로
스스로 행복해하면서
스스로 행복을 누리는 거예요

나는 이렇게 살아요

다라니와 염불

지금 나에게 다라니와
염불이 아니었더라면
번뇌 망상으로
긴 시간을 소요할 것인데…

나의 일상 정진에
새삼 위가 없이 고마움을 느낀다

이 육신을 벗는 날까지
이러히 살리라
다짐하는 이것이
지금 나의 삶 나의 집념이다

둘이 아닌 선과 악

어느 무엇엔들
비판만으로는 바른 행이 아니니라
따뜻한 격려가 마땅하리라

사바에 찌든 중생심이
나무람만으로는
제도되기 극히 어려워
다가가서 감싸 안음이
마땅하리라

본래로 선과 악이
둘이 아니기에 곧
악이 선이요
선이 악인 것이다

진여의 그림자

우리 중생들의 삶이란 것이
어느 누구에게 맡겨짐이 아닌
스스로 만들어감이다

막강한 정진을 앞세운
진 수행자에겐
희유하리만큼 엄연한
진여의 그림자가 따른다

나는 나에게
신심의 잠재된 힘이 있음을
스스로 확신한다

정진의 힘

사노라면
때 아닌 비바람이
몰아칠 때도
반드시 있기 마련이다

참다운 수행
참다운 정진의 힘은
극히 어려움 속에서
그 참모습 곧 진여의 희유함을

엄연히 만날 수 있으므로
참고 견디어 보라

행운의 창조자

인간사 자신이 지은
한 치의 어긋남이 없는
실상의 과보인 순리와 역리인
선악의 길을 비켜갈 수 없나니
어찌 깨어 살지 않으랴

만약 깨어 살지 못하면
눈을 뜨고도 감은 격이니
깨어 삶과 졸듯이 삶의
오는 생에 차이는
마땅히 극락과 지옥이려니
눈 뜨고 헤매질 말지다

우리 모두들 정신 차려 오는 생엔
기필코 행운의 창조자가 되어
행복하십시다

중생에겐 불성이 있기에
여래의 지위에 이를 수

있음을 믿어 행하여지이다

행운의 창조자가 되기 위한
순간 순간을
놓치지 말고 깨어 살지어다

도겸 스님을 만나다

오늘도 무척 좋은 날이다
대인 거사님 배려로
예쁜 비구니 스님 한 분을 만났다
도량을 예쁘게 가꾸어 놓은
도겸 스님이시다

이름 모를 떡에
이름 모를 차에
잘 영근 포도에
예쁜 선물까지
부담 없이 가볍고
포근한 만남이었다

보잘 것 없는
제 시집 한 권을 드렸더니
즉석에서 한 편을 읽으면서
희열에 차던 모습이
너무 아름다웠다

내 나이 십년만 더 젊었어도
일 년에 한두 번 만나
법담을 즐길 수 있으련만
너무 늦은 만남에
짧은 인연이 몹시 아쉽다

돌아와서 그때 멋이 있게
시 한 수 읊던 그 모습을 떠올리며
몇 권의 시집을 보내드렸다

나의 지난날

셀 수 없이 많은
그 많은 날마다
이 마음 흩어지지 않고
한 순간처럼
온몸으로 정진에서
물러서지 않았던
나의 지난날을 스스로
불연의 희유함을 느낀다

일념의 일만 날이 훌쩍 지나고
이만 날이 넘겨다보이는
그 어느 하루도
게으름 핑계 지루함이
나서질 않았으니 말이지

꿈속 같은 나의 지난날
나 자신도 믿기지 않는
놀라움으로
한 가슴 차 오른다

내 이 마음을
백지 위에 내려놓으며
그 뿌듯함을
허공 속으로 띄워 보낸다

오가는 시절인연

지난 세월 일하는 기계처럼
살던 시절이 있었기에
오늘날 정진하는 기계처럼
살 수 있는 시절인연이
도래되지 않았을까

이 때에 저 때를 돌이켜볼 때
너무나 걸림 없는 삶이었었다
그때그때마다 본분을 다했던
지난날을 감사히 다시 본다

역시 잘삶이 잘삶을
초래하는 것인가 보다
마땅히 잘삶으로 이어진
잘삶이 도래됨은
당연함이 아니겠는가

지금 생각해보면
힘겨웠던 그때도 잘 살았고

지금도 잘 살고 있으나
이제 남은 삶을 더더욱
잘 살리라 마음 다진다

나의 보물

수행이란 이름으로
반세기의 문턱이 이르렀다
그 세월 속에서
무엇이 달라졌는가

미련스럽게도 끈질긴 힘
바로 그것이다

하고자 생각한 매사에는
마음이 나서서
육신과 행의 삼위일체가 되어
어떤 경우에도
물러서지 않는 바로 그것이다

게으름과 핑계를 몰아내는
이 마음을 이길 수 없는 그것
그 큰 힘은 물러설 줄 모르는
원력의 정진에서
얻어낸 나의 보물이다

육바라밀

보시하지 않고
지계하지 않으며
인욕하지 않고
정진하지 않으면
선정에 들 수 없고
지혜가 생길 수 없음이
마땅한 진여의 이치임을
가슴 깊이 새기면서
불연의 희유함이
새록새록 가슴에 사무친다

지혜 (하나)

오묘한 이치로다
지식은 배워서 얻음이요
지혜는 육바라밀의
마지막 자리에서
기다리는 것이다

그러므로
앞의 다섯 바라밀행이
없이는 구하기 어렵나니

제일 바라밀인
탐욕을 덜어내는
보시 바라밀로부터
순순히 행한다면
지혜는 따라 생기기 마련이겠지

나의 일생

사십 대 전반에는 일하는
기계처럼 살아왔었고
사십 대 후반에는
정진하는 기계처럼 살아온
태양 같은 열정
수미산 같은 원력으로
아흔의 중턱을 넘어
한 눈 팔지 않고 달려왔으나

그 모두는 방편이었음에
내놓을 것이라곤 하나 없지만
그림자 없는 이 마음
단 하나만으로
충만에 충만으로 사노라

염불 소리 다라니 소리
메아리 되어
저 허공 속으로 내닫는
도심의 이 오두막에서

꺼지지 않는 등불을 밝혀
칠흑 같은 어둠을 밝혀온
한 노파의 그림자 없는
밝은 마음이 기꺼이 나서서
오늘을 만나게 만들었다

밝은 광명

괴로움의 씨앗도
정성껏 잘 가꾸면
싹이 터서 자라면서
대망의 꽃을 피우며
사랑의 열매가
영글음을 방심치 말라

길이 없는 길은
찾아 헤매지 말라
괴로움만 자아낸다
어느 어디에나
엄연히 뚫린 길이 있나니
침착하게 기다려 찾아보라

허튼 생각 내려놓고
진실한 마음으로 사노라면
때 아닌 밝은 광명이
영원히 꺼지지 않는
찬란한 태양처럼

반드시 밝아 오리라

묵묵히 정진하여
수행하며 기다려보라

무상을 업고 안고

우리 중생 너와 나 모두
알몸으로 빈손으로
초라하게 왔건마는
무상을 업고 안고
한 세상 살고 나면

스스로 지은 과보대로
돌아가는 마지막 날은
근엄하게 배웅 받음을
이 세간에 왔던 증표로 안고

모두 모두
극락왕생 하소서
극락왕생 하소서

겉마음과 속마음

원망이나 미움이
돌아서게 되면
사랑이 밤낮으로 자란다
그 사랑엔
언어와 행이 달라진다

얄팍한 겉마음은
진여의 속마음이 아니므로
웃음 속에서도
그 마음이 엿보인다
부디 그 마음 아껴쓰라

넉넉한 마음

한세상 살면서
원만한 행이라면
이 세상 것은
거의 마음대로 할 수 있으나
목숨만은 예외이다

근검절약하면
생계는 해결할 수 있으며
탐진치를 여읜
넉넉한 마음
조급하지 않은 마음이면

아름다운 모습으로
건강도 마음 따라
유지될 수 있나니라
마음이 부자이면
세상 것이 그 모두 내 것이다

후회도 미련도 없이

엊그제인 듯
훌쩍 가버린 세월은
전국을 누비며
여법히 정진하던 시절이
마치 꿈속처럼
아련히 떠오른다

그 시절
그때그때를 놓쳤더라면
지금쯤
얼마나 후회스러울까
순간의 기회 시절 인연이
소중했음을 새삼 되뇌인다

곳곳마다 때맞추어 행함을
스스로 찬사하면서
후회도 미련도 없이
훌훌 털고 갈 수 있나니
뒤돌아볼 일 없어 만판 다행일세

꾸밈없는 한마디

내 막내의 짝인
수연이 엄마의 진심 어린
꾸밈없는 한마디

어머니 저는
수연이 아빠한테
어머니가 계시다는 것이
너무 좋아요

진심이 담긴
짤막한 이 한마디에
진지한 그 모습이
하염없이 아름다웠다

진 마음이 엿보이는
그 한마디에 놀라워
순간 뒷말을 이을 수 없었다

나는 가슴 뿌듯이

그래 고마워 하며
눈가에 이슬이 맺혔다

진지한 그 모습에서
그 언제 그 어느때라도
그 마음이 돌아서지 않음이
엿보임에서

흐뭇이
고맙고 감사했다

버려질 육신

이 육신 덩어리
천상 보내고
극락 보낼 수 있다면
잘 먹이고 잘 입혀서
잘 가꾸어야겠지만

아무 쓸모없어
버리고 가는 것이다
그러하거늘
버려질 육신에
매이질 말고

오로지 이 마음 하나
잘 다스릴지면
천상 극락
마음대로 가리다

대명천지
광명천지가

이 마음의 작용이니라
가까이에 두고서
다시 멀리 구하지 말라

중생심

베풀고 보시함을
복 지어 복 받는다는
그 마음은
중생심에 불과하다

가진 것을 덜어내어
탐욕을 줄여가는 연습인
대 작업인 것일 뿐이다

많으면 많은 대로
적으면 적은 대로
가진 것을 덜어내지 못하면
욕심은 도사리고 떠나지 않는다

쌓이면 쌓일수록
더 쌓고 싶기 때문이다
그에 따른 욕심은
점점 불어나서 그땐
무거워 떠나질 못한다

순순히 덜어내는 연습이
새로운 운명의 창조임을 알라

청정

아낌없는 보시행으로
탐욕을 송두리째 뽑아보면
한순간에 후련하고
가벼워진 그 마음이
청정으로 들어선 마음이다

그 마음 잘 다독거려
탐욕을 순순히 줄여 가면
위가 없는 청정으로 자라서
무거운 탐욕보다
가벼운 것만으로도
얼마나 값진 얻음인가

빈손 와서 욕심스레
무겁게 짊어지고 다닐
중중업을 생각해보라

한백년 그리 멀지 않으니
허허로히 가볍고

청정하게 살고 가세

가는 날에 후회는
아무 쓸모가 없느니라

지혜 (둘)

불법의 심지 법계의 심지
그가 바로 지혜가 아닐까

이 세간의 지식과는
비교할 수 없는 지혜는
육바라밀 중에
앞의 오바라밀 행이
갖추어짐으로부터
생기는 것이 바로 지혜다

즉 덕행과 인품이
원만구족함에서 생기나니
그러므로 지혜는
구하고자 구하는 것이 아니다

지식은 얻는 것이요
지혜는 생기는 것이니
그 근본 바탕이
지혜와 지식의 차이는

비교할 수 없는
하늘과 땅 사이다

지혜로운 자에게는
그 인품과 덕성이
갖추어짐을 알고 보아
마땅히
공경하고 존중할지니라

지식은 밖으로부터
구하는 것이요
지혜는 내 안의 무한에서
생겨나는 것이다

우리 모두는 반드시
지혜로운 불자가 되어지이다

소리 없는 그 소리

긴긴 세월을
어느 하루처럼
중생 곁에 머문
소리 없는 그 소리

억억만년 지나도
그대로 남아
지워질 수 없는
소리 없는 그 소리

님은 가셔도
이 세간에 남아
미혹한 중생 속에
항상 계신 소리

앉으나 서나
자나 깨나
귓가에 쟁쟁거리며
맴도는 그 소리

소리 없는 그 소리에
한마음 쏟아 부은
정진이 자라며
수행이 익어가니

아상이 녹아내리고
탐욕이 자리를 뜨니
나도 모르게
자비가 꿈틀거림을

어찌 엎드려 감사드리지
않을 수 있으오리까
고맙습니다
감사합니다

나무 시아본사 석가모니불

심은 대로

게으름을 심으면
잡초만 무성하게 자랄 것이고

악을 심으면
반드시 악이 나서 자랄 것이며

선을 심으면
마땅히 선이 나서 자랄 것인즉

심은 대로
나서 자람은 당연하리다

모든 것은 순간순간
그대 마음이려니
깊이 궁구하여 심을지어다

가는 날에 후회한들
때는 이미 늦으리

십만 미타정근

터질 것 같은 환희심으로
밤을 꼬박 새워
동녘이 밝아 올 때까지
십만 번 님을 부르기 시작한
태양이 대각에 걸린 오후

미타의 꽃을 피우리라
예상했던 저의 글귀처럼
마치 구령에 따르듯
사방팔방에서 모여들어
태조산 그 하늘을 주름잡았던

흡사 목화송이 같은
하얀 구름 그 무리들이
이름하여
미타의 꽃이었으리다

나무 아미타불 나무 아미타불
정진 중이던 대중들이

순식간에
야아! 미타의 꽃이다
미타의 꽃!

박수갈채와 환호성으로
돌변했던
그 하늘 아래 그 순간!

어찌 예사로운 일이겠는가
어찌 우연이었겠는가
분명 부처님의 가호
부처님의 가피였으리다

님이시여!
그 인연 고맙습니다
감사합니다
나무 아미타불
나무 본사 아미타불

이번 길에 큰마음으로 준비한
알차고 복스런 왕송편 300개
때마침 부르는 듯이 모여든
수많은 순례객에게

나눌 수 있었던 원력이 넘치는
대중공양이 되었으니
이마저도 어찌 우연이었으랴

희열에 찬 그때그때는
시간에 밀리고 쫓기에
허공 속으로 사라지고
충만에 충만이 겹쳐졌던
그때 그 시절은
가슴이 시리도록
그립기만 합니다

수행과 정진

정진 없이
수행이 없고

수행 없이
정진이 있겠는가

수행과 정진은
철길처럼
나란히 행함이기에
어느 한쪽에 치우침이
있을 수 있겠는가

함께 어울린
대도이자 성불행이기에

부지런히 정진하고 수행하여
우리 모두 함께
일체종지를 이루어지이다

있는 대로 가진 대로

휴지 한 조각 꽁초 하나를
길거리에 아무 생각 없이
버림도 행의 빚이요

남이 버린 꽁초 하나
휴지 한 조각을 주위
제자리에 버림도
행의 보시거늘

만약 이렇게 안다면
이 세간에
무슨 법이 필요하겠는가

해가 뜨면 낮이요
해가 지면 밤인 것처럼
그대로 받아 행하면
얼마나 평화로운 삶일까

배고프면 먹고

졸리면 자고
대소변이 마려우면
배설하고

잘 먹으랴
잘 입으랴
좋은 것 나쁜 것
가리잖고

있는 대로 나누고
가진 대로 베풀면서
평등을 노래하며
살아갈 수 있다면
얼마나 행복하겠는가

만약 먼 훗날에
고도의 문화에서 탈출하여
탐욕이 스스로
사라진다면
억억만 년 후일지라도
그런 세상이 도래될 수 있을까

나 칠푼이 같은 생각

칠푼이 같은 마음을
팔푼이 같이 가져 보면서
이 세상을 바라본다

비유

우리 중생들의
오고 감이 윤회이거늘

각양각색의
오고 감이 있지만

그 폭을 광대히
일출과 일몰에
비유해 본다

날이 맑으나 궂으나
해가 뜨고
해가 짐은
어김없거늘

중생들의 지은 바
과보에 따른
고해의 삶과 같지 않은가

그러나 그 열정은
본래의 청정에서
벗어나지 않거늘

중생 또한
본래의 청정에서
벗어나지 않을 수는 없을까

방편

나룻배도
물을 건너는 방편이요

뗏목도
물을 건너는 방편이며

돌다리도
물을 건너는 방편이요

대교도 연락선도
큰물을 건너는 방편에 지나지 않는다

중생들의
수행하고 정진함도
이 언덕에서
저 언덕에 이르는 방편이며

고금에
무수히 많은 경전 속 말씀 또한

저 언덕에 이르는
지름길이요 방편일 뿐
그가 바로
깨달음이며 해탈이 아니다

그 지름길
그 방편을 딛고
지극히 나를 다스림이
큰 뜻이며
도요 행인 것이다

중생들이
긴 안거에 들고
칼날 같은 용맹정진에 들되
그 고행이
바로 깨달음이나
성불은 아니리다

한낱 방편의 행일 뿐이니
삼가 그 마음 열려지이다

참나

한 생각 늦춤 없이
자신이 자신을 보라

한눈팔지 않을 때
참나가 되어

참 나를 발견할 수 있을 것인즉
한 치의 어긋남이 없는
존재가 되지 않을까

때에 성철 큰스님의
자기를 바로 보라는
말씀이 떠오른다

소중한 불법을 만남에
그 가르침을
가슴에 새겨 담아
행함에 이르기까지는

마땅히
정진과 수행이 따를지니
부지런히 닦아
행할지어다

자연의 도행

뜬구름처럼
지나보낼 한 생에서
남의 그릇됨을
기웃거리지 말라

용서할 줄 아는
그 마음이라면
무엇이 흉허물이 되랴

저 태양을 보라
이 우주를 밝히면서도
으시댐을 보았는가

바람은 가다가 막히면
돌아서 가고

물은 스스로 낮은 곳을
찾아서 가는
이 모두가

대자연의 도행이 아니고
무엇이겠는가

마하 반야 바라밀

보시의 은혜

육바라밀의 우두머리인
보시행의 대 원력으로
인색하지 않았던
공덕이 모여서 자람으로

사상의 우두머리인
아상도 탐욕 따라
순순히 강물에
종이배처럼 띄워 보내고

세월에 실린 한 생이
어느덧 쏜살처럼
종착지에 이르렀다

보시의 은혜가
이 영혼을 맑혀준
공덕의 어머니로
이 가슴에 깊이 묻어두고
영겁토록 잊지 않을 것이다

조촐한 공간에서도
그 수행이 원만하면
새의 깃털처럼
가벼워진 영혼이
본래의 청정으로 돌아감을
믿는 이 마음!
가없는 기쁨으로 얼룩진다

희유한 이 마음

열린 듯이 닫혀 있고
닫힌 듯이 열려 있는
희유한 이 마음

멈춘 듯 움직이고
움직이듯 멈춰 있는
희유한 이 마음

무겁기도 하고 가볍기도 하며
줄기도 하고 늘기도 하는
희유한 이 마음

각자 지은 업 따라
한 치의 어김없는 극과 극이 되는
희유한 이 마음

그 마음 잘 다스리면
중생이 부처 되는
희유한 이 마음

그 씀씀이에 따라
요술쟁이와도 같은
희유한 이 마음

그 마음 다스림이 쉽고도 어렵노라

일념에 대해

광대한 서원을 이루기까지
힘들지 않았다면
다시 무슨 방편이 있었겠는가

극한 난행 고행으로
쓰러질 듯 지칠 때도
그 고비를 이겨냄이

대가의 주춧돌이 되고
대들보가 되는
대해를 위한 일념이었기에

기어이 견디어 참아온
그 세월이 지은 과보로
지금은 상상을 초월한
일념의 대해에서
대 평온을 찾았노라

나무 본사 아미타불

무한

나가 너이고
너가 나일 때

세상 속에 나이고
나 속에 세상이다

하나 속에 모두요
모두 속에 하나임이
분명함이니

만약 이렇게 믿어
의심치 않으면

내 안의 무한이
세계 안의 무한임을
알게 되리라

작은 하나하나 움직임이
큰 하나의 움직임으로

이 우주 속에
각각의 움직임이며
그 각각이 큰 우주 속의
하나인 움직임인 것이다

이렇게 불법의 요체를
알아차림으로
지혜가 열려간다
지혜가 몰려든다

심신의 조복

중생들이
핑계나 게으름에
밀리는 것은
심신이
조복되지 않았기 때문이다

그러므로
망설임이나
밍기적거림으로
하고자 하는 매사를
마음대로 하지 못한다

중생 중생마다
해야 할 일들은 무수히 많은데
심신의 조복을 받음이
마땅하지 않을까?

정진 속에 수행이 있고
수행 속에 정진이 있듯이

육신의 조복
마음의 조복 또한 그러하거늘
힘써 노력할지어다

살을 깎는 노력으로
자신을 조복 받으면

만사 만행의
기웃거림에서 벗어나리라

나는 나에게 늘 감사한다

조촐한 나룻배에 돛을 단
나의 일생
천에 하나 만에 하나
세운 서원에 거역함이 없어
행할 수 있었던
이 육신과 마음께
스스로 고마움을 느낀다

반세기가 가깝도록
수미산을 오르내리듯
굳건했던 용감한 나의 행로
눈 감으면 그때처럼
아련히 떠오른다

하루 칠 독씩
사 년간 금강경 일만 독
어느 해 동안거 오만사천 배
칠 일에 만 배씩
칠십 일간 십만 배

통도사 보궁에서 앉은 자리 뜨지 않고
일천팔십 다라니

봉정암 탑전에서
오후부터 밤새워
금강경 108 독경(촛불 아래서)
홍법사 대불전에서 일주야
십만 미타정근

밥 먹듯이 해낸
감로사 삼천불전 삼천 배
때에 막 탄생한
감로사 마애삼존불전에서
단식 삼 일간 법화경 삼 독

통도사 보궁에서
앉은 자리 뜨지 않고 하루 일곱 시간
삼 일간 금강경 108 독경

다 나열할 수 없는
기막힌 사연들 그 모두는
꿈이 아닌 현실이었으니
그때그때를 장엄했던

나의 행로!

너무나 기쁘다
어느 하루 핑계도 게으름도
늦춤도 없었던 그 세월 반세기
스스로 충만과 행복을
사려 담으면서 오늘을 일구어냈다
나는 나에게 스스로 늘 감사한다

정진의 힘

엉금엉금 기던 신심이
아장아장 걷더니
어느 날 뛰기 시작하여

비유컨대
육로를 지나
수로를 거쳐
항로에 이르는 신심이 되어

수미산을 방불케 하는
신심으로 자랐으나
지금 앉은 자리엔
빈손 빈 마음만이
등장하고 있을 뿐이다

오로지 그 세월 속에서
탐욕과 아상을
미련 없이 여의고
내 안에 다정한 벗

다정한 도반인
무상과 노닐면서

외로움이나 괴로움을
만들지 않을 뿐이다
날로
보다 큰 행복 보다 큰 충만을
일구어가며 사노라

마음 문이 열리면

짧은 글 한 구절도
한 수 그냥 쓰고 싶다고
써지는 것이 아니다

돌문이 열리듯
마음 문이 열리면
동녘이 밝아오듯이
단숨에 한 게송이
읊어지는 것이다

뽀얀 안개가
피어오르는 아침나절
안개 사이를 비집고
햇살이 번지듯이

시구가 저절로
이어지는 것이다
이것 또한
나의 크나큰 즐거움이다

도반

불연이 짙은 도반이랑
도란도란 법담으로
먹물 향기 풍기면서
산문을 들어서던 그때 그 시절이
아름다운 추억으로 줄줄이 이어져
마치 영상처럼 스쳐 지나간다

온갖 기회는 때맞추어
기다려 주는 것이 아니기에
도래하면 놓치지 않아야 한다

사랑도 행복도
그 속에서 함께 노닐며 머문다

영축산문을 수없이 드나들던
나의 도반 환희명 보명심 보명화
그대 보살님들이시여
언제 어디서나 늘 행복하소서

사랑의 대해

긴 세월을 거쳐
내 안에서 자란 신심이
유유히 고해를 벗어나
순풍에 돛을 달고

사랑의 대해
행복의 대해에 이르러
이 세계 안의 모든 이들의
행운을 기원함은
이루 말할 수 없는
충만한 나의 행복이다

사랑의 대해에서
행복의 대해로
보다 넓혀가는
알찬 영글음은
비유할 수 없이 보람스러운
뿌듯한 나의 행복이자 즐거움이다

2020 동짓날

2020 동짓날
대도심 당신이 챙겨준
따끈한 팥죽과 시원한 동치미
앉은 자리에서 받아먹기
너무나 미안하고도
감사하네요

딸이 엄마를 챙기는 것이 아닌
마치 엄마가 딸을 챙기듯한
대도심 당신의
뜨거운 배려에는

많고 많은 우리말 중에
다시 무슨 할 말이 없네요
그저 고마워요 감사해요
그밖에 무슨 할 말이 없군요

이차인연 공덕이 모여
세세생생 날 적마다

그대 복덕이 원만 구족하고
지혜가 충만하기를
가슴으로 기원합니다

일진행 두 손 모음

나의 불교

의론만의 불법으로는
시험을 치르면
만점을 받을지언정

정진하고 수행하지 않으면
한낱 지식에 가까울 뿐
행에 이르고
지혜가 생기기 어렵거늘

불퇴전의 정진으로
이 육신 벗기 전에
신심의 조복에 분발하소서

이 육신 아껴준들
내생으로 함께 가주지 않아요
쓰고 또 쓰고 몽땅 쓰고 가야죠

이것이 나에겐
크나큰 일념의 불교이다

바른 생각 바른 행

항상 깨어 있어
바른 생각 바른 행이
오류에 쓸려가지 않아
새 운명의 길잡이가 되라

꾸준히 노력하는 삶
지혜로운 삶으로
행운을 놓치지 않는
바른 생각 바른 행의
진 삶이 되어서

미래의 행운을 꽉 잡으라

순간의 주인

세상 것에 잡히지 말라
순간의 내 것일 뿐이다

단
형상 없는 내 것인
이 마음 하나
잘 다스림이
최상의 수행이니라

부피도 없으면서
무겁기만 한
욕심 덩어리에
눌리질 말고

저 허공을 날으는
흰 구름처럼
가벼움을 지니고 누리소서

아름다운 늙음

독립한 지 만 칠년
그동안 무엇이
어떻게 달라졌는가

하나라도 더 버리고
작은 하나도 줍지 않는 것
더 아끼고 더 줄여서

마땅한 곳에 적절히 쓰는 것

이 넉넉하고 푸근한 마음이
밤낮으로 광대하게 자라서
세상사 골고루 어루만지며

이 세간에서 드문
아름다운 늙음으로
한 세상 닫고 싶어라

순으로 역으로

생각이 있고
마음이 있는
만능 기계인 우리 중생들은

이 세상 만물 중에
으뜸이라 일렀거늘

만사 만행이 으뜸이 되어야지

순으로 육바라밀 행이 있고
역으로 사상이 있지 않은가

스스로 아상을 내리고
제일 바라밀인 보시행이 원만하면

잘 갖추어진 완성된 인품으로
만사 만행을 있는 그대로에
행복의 충만임을 알리라

탐욕

스스로는 짠 소금처럼
인색하더라도
타에게는 너무 인색하지 말라

자신의 유익함만으로는
복덕이 쌓이기 어렵나니
손해 보는 듯한 그것이
유익한 삶의 한 부분이 되느니라

선한 마음 진 마음을
아끼지 않음은
천지간에 가장 큰 보물이다

탐욕에 치우치면
옳고 그름을 뒤집어쓰기에
그 본 마음이
힘을 발하지 못한다

탐욕 그것은 형상도 없으면서

하늘과 땅 사이 천지간에

둘도 없는

가장 불길한 괴물인 것이다

신축년 부처님오신날

부처님오신 달 사월이 되면
어김없이 만 배를 하고
행주좌와 석가모니불을
셀 수 없이 부르던 기억들이
추억으로 아른거린다

신심의 노끈이 모여
동아줄이 되기까지
무아법이 아무리 위대해도
수행과 정진의 행이
따르지 못했더라면

빛 좋은 개살구에 지나지 못했으리라
제 아무리 팔만대장경을 달달 외우고
멋이 있게 차려입은 법복 차림의
겉치레만으로는

비단 옷에 밭길 걷는
형상에 불과하지 않을까

이 지구를 싣고
거침없이 허공을 걷는 세월처럼
불연에 젖은 몸과 마음들이
여법한 수행 정진으로
불법의 대해에 이를 수 있도록

샘물처럼 용솟음치는 신심이 되기를
오늘 부처님오신날을 맞아
앉은 자리에서
석가모니불 일만 정근으로
아쉽지만 이렇게 보냄만으로도
나는 나는 무한히 행복하다

인내와 긍지

비바람이 몰아치는
거치른 세파 속을
인내와 긍지로 벗어나

잔잔한 호수에
달그림자처럼
혼탁한 세상을 빠져 나온

미지의 꿈속 같은
사바의 극락을 만나게 됨은
요행도 아니요 다행도 아닌

마땅히 스스로 지은
인내와 긍지의 대가이리라

마음 (넷)

그젯날 그 마음이
어젯날 그 마음이요
어젯날 그 마음이
오늘날 이 마음이며
오늘날 이 마음이
내일날 그 마음이려니

마음 밖에 소중함이
달리 따로 무엇이랴?

그때그때 쓰임에 따라
적절히 쓰여지는 희유한 이 마음
느슨히 풀어놓아
쪼이지 않게 쓰여지면
그가 바로 넉넉하고도
푸근한 마음이 되겠지요

기회의 소중함

오욕락의 즐김은
강 건너 불 보듯 하며

오로지 신심 하나만으로
알뜰살뜰 보낸 지난날이
새삼 뿌듯함으로 설레어 온다

묵묵히 정진만으로
걸어온 길엔 수행이
소리 없이 뒤따랐으니
만약 이 몸 아꼈더라면

지금 무엇으로
이 마음을 채울 수 있으랴
지난날 기회의 소중함을
새삼 가슴에 묻어 감사한다

요즘 나의 하루

일일 정진 후
자투리 시간이 나면
짤막한 글도 쓰고

좀 더 한가로울 때면
나의 살던 고향은 꽃피는 산골
복숭아꽃 살구꽃 아기 진달래
이렇게 노래도 부르며

다라니 소리 정근 소리
독경 소리와 더불어
혼자서도 둘이 셋이
있는 것처럼 지낸다

요즘 나의 하루
이렇게 한가로이 보내노라

나의 후반생

보배로운 이 몸 받아 옴으로
잠시 잠깐을 놓치지 않으려
한 생각 일어나면
어떤 난행 고행에도
망설임 없었던 나의 후반생

몸도 마음도 거절하지 않아
그 모두 받아 행할 수 있었음을
글로도 말로도
다 내놓을 수 없음이
몹시 안타까운 심정이다

그로 인해
이 몸 닳지 않았고
이 마음 구멍 나지 않았다

이렇듯 반세기에 이어진 내 업행이
지금 다 망가져가는 이 육신으로
새벽예불에서 끼니 때를 뺀

긴 종일을
오로지 한순간처럼

염불 다라니 독경으로
앉은 자리 뜨지 않고
이어지고 있으니
나 스스로도 자신이
존경스럽기 한량없다

눈으로나 입으로나
손으로나 이 몸뚱이
정진하지 않으면
오히려 이상하니
어쩌랴 아니 할 수 없잖아

동공이 풀리면서
맥박이 멈추고
호흡이 멎을 때까지
이대로 행하다 가리라
마음 깊이 다져 보노라

법인 큰스님

스님께서 주신
회고록을 읽고 나서

이 글을 죄송스러워
쓸까 말까 망설이다가

끝내 쓰게 되어
마지막 편에 싣게 되었습니다

부처님을 향한
태양 같은 열정
수미산 같은 원력에

소스라쳐
위없는 감명을 받으면서
감전된 듯한 이 마음

우러러 두 손 모아 고개 숙여
가슴으로 존경합니다

어느 하나를 가려낼 수 없는
그 모두는
거룩하십니다
위대하십니다
장엄하십니다

한 번 더 뵙고 싶은 마음
간절합니다만
시절인연이 도래될런지요

스님께서
무상도에 이르시기까지
고심초사하셨을

스님의 지난날이
주마등처럼
뇌리를 스쳐 지나갑니다

우리 큰스님
존경합니다
감사합니다
고맙습니다

늘 건강하시기를 기원하면서
한 번 더 뵐 수 있기를
기다려 보겠습니다

일진행 합장 상서

각원사 사무장님

마치 훤칠한
부잣집 맏며느리 같은
사무장님의
서글서글하고도
시원시원한 역할을
상상하면서
나 일진행
당신을 존경합니다

거룩하신
부처님 법 안에서
행복한 가정
꾸려가면서

앞으로
더더욱 분발하여
각원사의 유일한
공로자가 되기를 기원합니다

이 늙은이
각원사에 들릴 적마다
사무장님을 기대고
으스댈 수 있었지요

내 막내처럼
내 장손처럼

사무장님 사랑합니다
여러모로
고맙습니다 감사합니다

　　　　　　　　　일진행 합장

내 막내의 막내인 우리 민경이 이야기

어릴 적 할머니 친구가 오면
두 손 마주 합장하고
인사하던 우리 민경이

할머니 따라
현관에 벗어놓은 신발을
가지런히 정리하던
우리 민경이

저의 외가댁 가서도
역시 그렇게 했었단다

저의 엄마 미국 공부하러 가고
내가 데리고 있을 때
두구동 연지에 데려갔더니
들고 있던 작은 예쁜 부채를
할머니 하면서 주더니

예쁜 연꽃송이 앞에 멈추어

합장 반배를 하지 않는가

너무 기특하고 예뻐서
깜짝 놀라며 민경아 하고 불렀더니
할머니 연꽃이 부처님이잖아요
하는 그 한 마디에
더더욱 놀라 어린 민경이에게도
이 할미의 불연이 심어짐에
가슴 뭉클하며

그래 그래 맞아 맞아 하면서
힘껏 끌어안아 주었다

역시 저의 엄마 공부하러 가서
돌아오지 않았을 때

어느 날 초저녁에
저랑 나랑 손잡고
중앙대로 인도에
꽃길을 걸으면서

별 이야기
달 이야기

지구 이야기
해 이야기로

둘이서 재미있게 하다가
갑자기 할머니 하며 부르더니
나를 쳐다보며 하는 말이

오늘 저녁에도
꽃길 산책 이야기 시 쓰세요
하는 것이 아닌가

나는 당황하듯이
응 알았어
할머니랑 손녀랑
다정한 산책 이야기로
재미있는 시 쓸게

민경아 사랑한다

그 후 세월이 흘러
민경이의 첫 출근길이 되었다

계절의 꽃

국화 코스모스
만발하여 싱그러운 그 향기
초가을 바람결에
풍기기 시작한 계절인

구월 상순
내 막내 손녀인
우리 민경이 첫 출근길을
이 할미 크게 기뻐하며
축하하노라

내 막내의 막내인
우리 민경이
건강하고 예쁘게 자랐듯이

맡은 일 잘 해내어
칭찬받이가 되길 바란다

민경아 사랑한다

맏며느리 이야기

한 가문의 종갓집
맏며느리로서
조상님네 섬기기에도
애써 소홀하지 않았고
우리 그이를 보낸 뒤에도

산소 관리에
온 정성을 쏟았으며
어른님들 쓰시던 옛 책을
보관하기에도 무척 노력했었다

하지만 세월이 흘러
나에게도 백발이 오고
가야 할 즈음이 되니
자식들에게 물려주기
몹시 부담스러워졌다

많은 생각 끝에
대공원인 홍법사에

조상님네 백년 위패를
모시게 되었다

이렇게 시대의 변천에
동참하면서 약간의 평온을
찾은 마음이 되었다

형상 세계에는
영원이란 본래 없는 것이니

무상을 한 아름 안고서
마땅히 나에게서
정리하는 계기가 되어야 함을
스스로 알고 행하려 한다

시대의 변천으로
장례 문화도 급속도로 변화하여
오늘날 매장은 거의 없고

흙무덤은커녕 대리석이
기승을 부리는 공원묘지가 되었다

옛 무덤은 마치 묵묘처럼

초라한 볼품없는 모습이다

이 산천 저 산천에 흩어진
조상님들의 무덤을
공원묘지로 옮겨 모신 지
겨우 삼십 수 년 세월이 흘러

다시 이곳을
벗어나지 않을 수 없게 되어 간다

어쩌랴
시대의 문화인 것을!

어찌 거역할 수 있으랴
묵묵히 벗어나는
최선의 길을 선택할 수밖에…

진정 무상이 무상이로다
삼천여 년 전
우리 부처님의 다비 장례식이

오늘날 이 시대의
성스러운 고금의 문화 흔적으로

이어져감을 우러러 받들어
행함으로 전전하니

부처님께서는 밝은 광명으로
정녕 이 시대를
훤히 보셨음이리라

위대하신 석가모니 부처님
거룩하신 석가모니 부처님
장엄하신 석가모니 부처님

우러러 받들어 존경합니다

나무 석가모니불
나무 석가모니불
나무 시아본사 석가모니불

슬픈 이야기

반세기를 훨씬 지난
그 멀어진 날에
내가 사랑하는
아우 같은 친구가 있었다

판잣집에서 가난으로
살고 있는 딸 셋을 둔 집안에
마음씨 고운 둘째 딸이었다

첫째는 성숙했다고
막내는 어리다고

그러니 마음씨 착한 둘째가
그 엄마의 심부름으로
날마다 끼니에 보탤
두부공장 비지를 사다 날랐다

그렇게 얼마를 지나고
어린 나이로 양말 공장에

취직을 하게 되어
생계를 도우며 살고 있었다

그러는 중 그 언니는 시집가고
세월이 흘러
그도 시집갈 나이가 되니
막무가내로
보내면 가야 하는
엄한 그 아버지를
거역할 수 없었다

그런데
그 언니 시집가서 사는 꼴이
너무 말이 아니었으니…

시집갈 생각은 추호도 없고
피할 길을 모색한 것이
흔적 없이 사라지는 것이었나 봐

얼마나 별렀던가

어느 날 집안 청소를
깨끗이 해 놓고

그 아버지 외출복
다림질 곱게 해두고

사라지자니
얼마나 울었을까

그 사라지는 길에서도
동생들을 데리고 가장으로 사는
친구 집에 들려 편지 한 장 써놓고

호주머니에 든 돈 동전까지
털어놓고 사라졌으니…

가는 길에서까지
그 인품이 돋보이는
아름다운 친구 경자야!
그 가슴으로 얼마나 울었느냐

그 후 찾을 길
만날 길 전혀 없어
지금까지 무소식이니

그 무소식이 만에 하나

희소식이었다면
얼마나 좋았을까

아마 일찍이
해탈 거듭 해탈하여
옥황선녀가 되었을 것이다

그 착함이나 그 인품으로
마땅히 옥황선녀가 되고도
남음이 있었을 것이다

경자야 부디 행복하거라

오랜 세월 잊었던 너가
불현듯 다시 생각난다
새삼 보고 싶다 새삼 그립다
굵은 눈물방울이
두둑두둑 떨어지는구나

아마 짧은 한 생
험난했던 길이
천상으로 가는 지름길

옥황선녀가 되는 지름길이
분명했으리라
경자야 존경한다

부귀영화를 누린
귀한 몸으로 길이길이
영원 영원히 행복하기를

두 손 마주 고개 숙여 기원한다
내 뜨거운 가슴으로 기원한다

깊이 잠든 원고를 깨워

일 년 넘게 잠재워 두었던
원고를 깨워
정리를 하면서
한 송이 연꽃을 더 피우려 한다

나의 후반생 내가 피운
살아 움직이는 사바의 연꽃
모아 열두 송이로

그 향기 움츠러들지 않고
너얼리 머얼리 풍겨져서

괴로움에 허덕이는
사바중생들 모두모두

불가에 귀의하여
모든 괴로움 여의어 행복하기를…

여법히 한 생을 닫는

넉넉한 이 마음으로

하늘가보다 더 멀리 머얼리
띄워 보내면서

석가모니 부처님
아미타 부처님을 생각하는 내 안에
그 모습이 떠오른다

일심 발원하옵니다
일체중생 모두모두
삼보에 귀의하여
부처님 법 안에서

심중 소구 소망
무장 무애 만사형통
여의 원만 성취
지혜 충만하여지이다

일심 발원하옵니다
병고에 시달리는
이 세계 안에 모든 분들이

다 함께 속득 쾌차하여
온 인류는 건강하게
일생을 향수하여지이다

일심 발원하옵니다
유주 무주 이 세상 속
모든 고혼 애혼들이

일제히 이고득락
왕생극락
상품 상생하시어지이다

일심 발원하옵니다
우리나라
남북통일이 되어

세계 속에 불국정토로
만세만세 우순풍조
세계평화
만만세하여지이다

일심 발원하옵니다
이 몸 금생을 벗는

마지막 그날에도
오늘 지금처럼

예배 정진을 하고서
졸음이 오듯이
이 육신을 벗어지이다

이차 인연 발원 공덕을
법계 만방에 회향하옵니다

나무 석가모니불
나무 석가모니불
나무 시아본사 석가모니불

일진행

1936년에 태어나 30대 후반 긴가민가했었던 그 마음이 40대 초반 (1976년)에 들어서면서 신발 끈 졸라매고 불가佛家에 뛰어들어, 접었다 폈다 백 손가락으로도 모자랄 난행고행의 정진으로 육바라밀행에도 인색하지 않았던 그가 좇아온 길, 어느새 40년을 훌쩍 넘겼다.

그간 어느 하루도 소홀히 하지 않았던 끈질긴 신행으로 쌓은 지난날을, 2008년부터 2019년까지 거의 매년 한 권씩 책으로 내놓았다. 첫 번째『행복한 고행』, 두 번째『허공 속의 무영탑』, 세 번째『내 마음속 영산회상』, 네 번째『사바는 연꽃 세상』, 다섯 번째『행복한 황혼길』, 여섯 번째『아름다운 일몰』, 일곱 번째『걸음걸음 가볍게』, 여덟 번째『내생으로 가는 길』, 아홉 번째『내 안에 무한을』, 열 번째『다시 태어남으로』, 열한 번째『주섬주섬 주위 담은 이야기』에 이르기까지 후반생 동안 굴하지 않았던 수행의 여정이 고스란히 실려 있다. 그 속에서 항상 충만한 행복을 약속하는 삶을 누리고 나누며, 끊임없는 정진을 내생으로 이어가고 있다. 그리고 3년 만에 펴내는 이 책은 자신의 삶을 정리하는 의미를 담고 있다.

나 일진행, 불연의 반세기

초판 1쇄 인쇄 2022년 10월 26일 | 초판 1쇄 발행 2022년 11월 2일
지은이 일진행 | 펴낸이 김시열
펴낸곳 도서출판 운주사

(02832) 서울 성북구 동소문로 67-1 성심빌딩 3층

전화 (02) 926-8361 | 팩스 0505-115-8361

ISBN 978-89-5746-712-1 03810   값 14,000원

http://cafe.daum.net/unjubooks 〈다음카페: 도서출판 운주사〉